O PROCESSO DO FREI

ULISSES BUTTURA

O PROCESSO DO FREI

NAVEGAR EDITORA

Editor: *Rubenal Hermano*
Todos direitos desta edição, reservados pelo autor à
COMERCIAL EDITORA HERMANO & BUGELLI LTDA
MF: *Navegar Editora*
Endereço: *Rua Belém, 93*
Bairro: *Belenzinho - São Paulo - SP*
CEP: *03057-010*
Fone: *11 3482-5055* fax: 3796-8600
Site: *www.navegareditora.com.br*
E-mail: *navegar@navegareditora.com.br*
E-mail do autor: *usimoes@ig.com.br*

FICHA TÉCNICA
Projeto editorial: *Rubenal Hermano*
Preparação de originais: *VBS*
Composição e diagramação: *Editoração VBS S/C*
Capa: *Leonardo Hermano*
Revisão: *José Tarcisio Barbosa*
Fonte: *Perpétua 13 x 14*

Simões, Ulisses Buttura
O PROCESSO DO FREI / Ulisses Buttura
São Paulo, 2009

ISBN: 978-85-87678-97-3

1. Romance 2. Espiritualidade
3. Humanidades

Impresso no Brasil 2009
Printed in Brazil

SOBRE O RELATOR

Ulisses Buttura Simões é paulista de Iacanga, município localizado no centro geográfico do Estado de S. Paulo. Lá recebeu as primeiras letras. Nasceu numa fazenda denominada Ventania, no auge da segunda guerra mundial. Bem por isso, esteve alheio aos efeitos do conflito, escondido na roça até a adolescência.

Concluiu bacharelado e especialização em direito penal na Faculdade de Direito do Largo São Francisco, em S. Paulo. Licenciatura pela Faculdade de Filosofia Dom Aguirre, em Sorocaba. *Rechtskolloquium* na *Juristische Fakultät* da *Humboldt-Universität*, em Berlim.

Na juventude, participou de encontros filosóficos e metafísicos promovidos pelo filósofo Vicente Ferreira da Silva. Nas Arcadas, teve por mestres, dentre outros: Basileu Garcia, Cesarino Jr., Ernesto Leme, Goffredo Telles Jr., Loureiro Jr., Miguel Reale (pai), Moacyr Amaral Santos, Noé Azevedo, Soares de Mello e Vicente Ráo. Ainda na juventude, recebeu ilustração de Ibrahim Nobre, Teófilo Cavalcanti e Emeric Levay, deste obtendo muitas orientações. Morou no Ninho das Águias, à época de Chico Torres e alguns outros boêmios.

Foi cartorário e professor de direito. Presta serviços à Justiça Paulista e ao Ministério Público Estadual, como promotor e procurador de justiça. Membro colaborador do Instituto dos Advogados de S. Paulo (www.iasp.org.br). Participa de entidades de defesa dos animais e do meio-ambiente, bem assim da Fundação Logosófica (www.logosofia.org.br).

AGRADECIMENTOS

O Processo do Frei é filho do tempo de busca espiritual.
Ao pô-lo a lume, estamos tão agradecidos a muitos,
que nem sabemos como enunciar um a um.
Mas tentaremos uma enumeração:

1. Ao Doador da Vida, por tudo.

2. À esposa Uiara, por acreditar.

3. Aos filhos Helenice, Lígia e Paulo, pela boa torcida e eficiente ajuda.

4. Ao amigo advogado Dr. João Hermano Santos, seu calor humano mostra o zelo profissional.

5. Às professoras Lucy Del Médico, Maria Esther Mendes Perfetti e à Dra. Maria Luíza de Freitas Valle Egea, que nos deram esclarecimentos do mundo editorial.

6. à equipe NAVEGAR e prezado editor Rubenal Hermano, por recepcionarem o texto, resgatando-o do sonho para a realidade.

7. finalmente, mas não por último, aos caros Irmãos deste Planeta, que caminham lado a lado conosco, com muito afeto.

A todos, estima, respeito e admiração!

PALMEIRA INDIANA

Há na Índia lendária uma palmeira
de singular beleza e fidalguia,
que, em vez de sugerir melancolia,
rebenta em flor na hora derradeira...

Esbelta, majestosa, sobranceira,
nunca exibe a triunfal policromia...
Mas, ao sentir-se perto da agonia,
enche de flores toda a cabeleira...

Lembra o cisne de pluma alvinitente,
que, ao concluir os nados soberanos,
solta, ao morrer, um cântico atraente...

Oh formosa "palmeira dos cem anos",
quem me dera imitar-te, em meu poente,
abrindo rosas sobre os desenganos...

Pe. Raimundo Nonato Pinheiro
(1922)

SUMÁRIO

PRIMEIRA PARTE

SEGUNDA PARTE

POSFÁCIO

BIBLIOGRAFIA

PRIMEIRA PARTE

1. APRESENTAÇÃO DOS PERSONAGENS

Prezado leitor!

Este texto destina-se apenas aos sedentos de saber.

Minha existência alcança quase sete décadas. Ao longo deste tempo terreno, cheguei a reconhecer algo que venho aqui submeter à sua reflexão.

Quem escreve sempre tem um móbil. No meu caso particular, desejo dar cumprimento ao precioso ensino: *aquilo que tu ouves com um ouvido, proclama-o de cima dos telhados.*

Realmente, uma necessidade incontida de extravasar induziu-me a iniciar esta narrativa. Deu-me uma como que febre de contar, de pôr no papel.

Eu penso que, se tive ensejo de receber, posso e devo retransmitir aos amigos ainda desconhecidos o que recebi. Neste livro, vocês saberão de uma camponesa, *Lílian Schwarze,* que se empenhou em repartir o pão. Procuro seguir esse exemplo de conduta compartilhando conhecimentos.

Parece bom, leitor, que você tome logo contato com alguns dos seguintes personagens:

Simon Resnick foi a figura mais destacada. Dotado de visão idealística, buscou sempre ajudar eticamente a elevação da humanidade. Nascido no leste europeu, antes da segunda guerra, ele encontrou, aqui no Brasil, paz espiritual e serenidade.

Frei Bernardo Bock, sacerdote da Capela do Carmelo, foi um religioso destemido, que não queria abrir mão de sua crença. Daí o seu arrojo em libelar.

Dr. JB foi médico, venerável da Fraternidade da Acácia. Desejou construir a paz mundial com base na compreensão e tolerância entre as nações.

Margot Silva, secretária do tradutor *André*, vivia em conflitos e apreensões após abandonar o escrúpulo profissional necessário às tarefas sigilosas.

No mais, prezado leitor, se tiver um pouco de calma observação, irá conhecer outros personagens e também um extrato que preparei para você. São algumas pérolas. Aguarde.

Por derradeiro, minhas escusas por não dar desde logo um resumo das idéias, pois, assim como não se sumula uma poesia, não posso conter aqui a vasta doutrina do universo. É necessário bebermos a água no nascedouro. E chegaremos lá, bem descansados, em nossa caminhada rumo à fonte.

À Uiara, minha Penélope, primeira leitora deste livro, permissão para dedicar este relato àqueles que, pacientemente, sem pressa, alcançarem as últimas páginas.

Fraternalmente,

Ulisses Buttura Simões

"Para escreverdes um livro, tomai por modelo toda a vida humana; a vida de cada um, embora poucos a conheçam; e podeis ficar certos de que não há de carecer de interesse a vossa obra".

Goethe

2. FLASHES DA URBE

Era uma vez um sonhador. Muito cansado, deitou-se e dormiu. Enquanto dormia, sonhou. Sonhou com um rincão fértil. A hospitaleira e bem planejada estância de *Horizonte Azul* localizava-se no planalto central da província, ostentando declaração de Patrimônio Ecológico da Nacionalidade. Construída seguindo o perfil de uma nave, a cidade agasalhava duas largas e longas alamedas em seu espigão mestre, no sentido norte-sul, avenidas que tinham início na Praça dos Três Poderes e seguiam até o Forte dos Milicianos. Contudo, o coração da cidade era mesmo o Bosque do Lago, formado pelo arvoredo que margeava um enorme tanque de carpas vermelhas.

Contava população de 200.000 almas, que podia ser vista ao longo de suas veredas e ao redor do Lago, nas caminhadas sob o sol matinal, todos fiéis ao lema: *"mens sana in corpore sano"*(uma alma saudável num corpo sadio). Era uma gente feliz. Essa multidão de descendentes de europeus, miscigenados de índios e africanos, circulava de modo alegre pelas Avenidas S. Paulo e Lutero, onde o comércio convivia com residências, escolas e santuários.

Em termos de religião, na Avenida S. Paulo predominavam as entidades católicas e ortodoxas, enquanto na paralela Avenida Lutero, as igrejas reformadas. O alfaiate Bruno Kortapanno, instalado numa vereda secundária, servia a todos os fiéis, em domicílio.

O comércio era aquele típico da hinterlândia brasileira, contando volumoso som de melodias sertaneja e popular, com barracas de ambulantes que limitavam o trânsito e a movimentação dos passantes.

Alguns outros santuários existiam nas artérias intermediárias de acesso, como o do nº 77, da Vereda Sete, local da Sinagoga Rochedo, vizinha à confeitaria árabe, da mestre-cuca Samira. Essa sinagoga era uma congregação messiânica, regida pelo rabino Enrico Geiger, para quem a missão do povo eleito não era tornar o mundo mais judaico, mas sim torná-lo mais humanizado. Esse movimento acreditava que Jesus é o Messias, propondo um retorno às origens do judaísmo e do cristianismo primitivo.

Por seu turno, o Instituto Horizonte de Filosofia era entidade mantenedora da Faculdade de Teologia, situada à Avenida Lutero, onde o íntegro professor Gama Galileo, seu presidente, comparecia para o expediente diário e recepção aos neófitos.

A Fraternidade da Acácia, buscadora do segredo do elixir, tinha um templo localizado no topo do Monte Manacá; seus obreiros reuniam-se em fins de semana, com ágape no Restaurante Triângulo. A freqüência era aberta também ao sexo feminino. Essa instituição tinha no emblema um pelicano, que parecia rasgar o peito para dar de comer aos filhotes.

Na Capela do Carmelo, sob orientação do frei Bernardo Bock, havia missa diária, à Avenida S. Paulo, 333. Relevante observar que essa instituição tivera origem na França, adotando a crença de que o sexo é sagrado, em prosseguimento aos antigos cultos de fertilidade. Todos os dias, no horário da cerimônia religiosa, frei Bernardo mantinha a jovem Margot Silva, alta, loira e brejeira, como sacerdotisa do altar e responsável mor pela preparação do culto.

Outras organizações poderiam ser referidas neste sumário, mas parece oportuno aludir a que o povo de

Horizonte era ordeiro, pacato e laborioso. Nos dias límpidos, até onde a vista humana alcançava, via-se o vago contorno de pastos verdejantes sob o imenso céu azul.

Ah, íamos nos esquecendo de que não havia grande criminalidade em *Horizonte Azul*. Lá, o delegado de polícia e o promotor de justiça passavam suas horas no xadrez, aficionados que eram por esse esporte mental.

No fórum local, o meritíssimo Severo Justino dirigia-se, por volta de 15:00 horas, todas as tardes, à sala de lanches. Talvez fosse por isso que os ignorantes da comarca chamassem aquele juiz de "*merendíssimo*".

Todavia, o sonho continuou...

3. O RESGATE DO LIVRO

Áustria, 1938. Dia cinzento e chuvoso, com um remanescente de neve no cume das montanhas.

A meta do Império da Grande Alemanha estava se tornando realidade. Com incrível rapidez, o exército atravessara a fronteira e anexara o Tirol à Alemanha. Sempre destemida e impetuosa, a Gestapo realizava prisões e interrogatórios, golpeando os planos de difusão encetados pelo Escritor.

A primeira providência dos milicianos foi expulsar o administrador da fazenda e imediatamente prender o Escritor, logo levado ao presídio da metrópole. A ordem do poderoso senhor da guerra era confiscar todos os bens, inclusive os produtos da terra, bani-lo dali e queimar os exemplares daquela obra de filosofia existencial.

Contudo, um volume do livro ainda estava a salvo das intenções do senhor da guerra, segurado firme pelas mãos vetustas de Esdras, seguidor do Escritor.

Esdras foi levado a viver no gueto, perto da fronteira ocupada. As perseguições começaram. Os perseguidos deveriam portar estrelas, para que não fossem confundidos com os demais integrantes da população citadina.

Por outro lado, a circulação pelas ruas ficara também limitada. Aqueles marcados não podiam andar em calçadas. Os espancamentos e humilhações tornaram-se constantes.

Com a consolidação das conquistas beligerantes, o III Reich anexara os territórios da região e agora rebatizava a localidade com um outro nome, ali fixando um centro de treinamento para a juventude alistada.

Em meio a tanto fanatismo, a sobrevivência dos marcados ficava cada vez mais difícil, pois estavam rigorosamente controlados. Já o espaço da cidade era pequeno demais para tão grande número de pessoas. Nenhuma infra-estrutura havia ali. E desse modo muitos morreram de tanto aperto, frio e fome. Principalmente... de fome.

Os corpos dos que se libertaram pela ocorrência de morte foram levados para valas comuns, cobertos com uma pá de cal.

Contudo, Esdras e aquele grosso exemplar de filosofia sobreviveram.

4. REFERÊNCIA AO QUE NINGUÉM ESQUECEU

Simon Resnick nasceu em residência de Mohilev, na Ucrânia, uma das regiões mais ricas da Rússia Branca, no dia 21 de março de 1921, por volta de 16:45 horas. Sua infância, que transcorreu inteiramente na cidade natal, não registra qualquer incidente espetacular, a não ser um terrível incêndio em fábrica de fogos de artifício, que impressionou sobremaneira o garoto de seis anos.

Como toda criança normal, ele gostava muito de brincar. E criava com infantil carinho os próprios brinquedos, utilizando objetos que achava no quintal de sua casa.

Simon foi o segundo irmão mais velho da família de cinco filhos. Uma de suas irmãs menores fora serviçal doméstica, o que significa dizer que a família era pobre. Seu pai, Moisés Resnick, um homem trabalhador e honesto, que exercia o ofício de tratador de cavalos, tinha horror à mentira. A mãe, Clara Krista, era mulher profundamente religiosa. Assim, o sábado e os feriados sempre foram respeitados pela família, que comparecia regularmente à sinagoga.

Simon se preparara para a vida, iniciando na adolescência um curso noturno de ciências contábeis. Aprendera cedo datilografia e conseguira emprego de ajudante em escritório comercial. Paralelamente, escolhera como opção de lazer a música, exercitando instrumentos de sopro numa banda municipal.

Quando a segunda guerra começou, Simon havia completado os dezoito anos de idade. Logo, iniciaram-se perseguições ao seu povo. Simon foi detido e marcado a fogo no braço esquerdo. E ao entrar no campo de extermínio, trazia o número 120815.

Ali, naquele inferno, tudo aconteceu. Narrar injúrias em minúcias seria cumprir a vontade de Moisés, seu pai, já que ninguém poderia imaginar tamanha crueldade num recinto de prisioneiros da guerra.

Mas Simon sempre preferiu ficar calado, em atenção ao prometido a Krista, sua falecida mãe, que não reagia às ofensas recebidas. O silêncio dela era ali a única ira da indignada. Muitos anos após, Simon ainda fremia de horror ao lembrar sua antiga desesperança.

5. MARCHA E A LIBERDADE

Alemanha, 1945. Após ver sua mãe Clara Krista selecionada para entrar na câmara de gás, Simon e seu pai, Moisés, foram vendidos a uma organização, sendo logo encaminhados a um campo de concentração externo, na região rural.

Contudo, ocorreu que as tropas aliadas estavam chegando perto do local, e os prisioneiros foram imediatamente retirados a pé, numa escapada denominada "a marcha da morte". Milhares de passantes perderam a vida ali. Obrigados a andar, sempre juntos, em coluna, aquele que pendia para um lado, ou se atrasava, era imediatamente fuzilado.

Nessa caminhada, Moisés sussurrou para o filho: "Simon, eu não vou agüentar. Se você sobreviver e for libertado, nunca deixe de contar o que nos fizeram. Mesmo que as pessoas não acreditem. Ninguém conseguirá imaginar o que um homem é capaz de fazer com seu semelhante."

O frio era terrível, temperatura bem abaixo de zero grau. Neve caindo. Após algum tempo, interromperam a marcha para que os milicianos se aquecessem. Os passantes permaneciam em pé, ao relento.

Já na segunda parada, Moisés sucumbiu, não suportando mais a tortura e o sofrimento.

Simon, entretanto, prosseguia numa fileira.

No início da caminhada, eram cerca de 3.000 forçados. Agora não passavam de mil, talvez menos até. Os faltantes tinham morrido. Simon fazia parte desse terço sobrevivente.

A exaustão era total. Mas ele deveria continuar. Simon pensou instintivamente: "vou deixar, já não resisto mais a isso". E saiu pelo lado direito, certo de que seria fuzilado. No momento, perdeu todo referencial e parecia que vagava no vazio. Para sua surpresa, não aconteceu nada e Simon continuou andando a esmo, sobre a neve, como se estivesse saindo da matéria. Assim como numa redoma, uma auréola luminosa envolveu-o.

Nesse vagar, perambulou muito, sem percalço. Várias horas transcorreram até encontrar uma cabana abandonada. Ou seria miragem? O certo é que entrou, adormeceu e dias se passaram até que Simon acordou e deixou a cabana. Tudo ali era branco. Olhou em redor e não avistou ninguém. Percebeu que estava sozinho na neve, naquele campo gélido, solitário e silente. Refletiu: "eu ainda tenho vida!" Colocou a mão sobre o lado esquerdo do peito para confirmar a reflexão. Sentiu o ressoar da existência.

E Simon decidiu voltar a caminhar. Embora sem rumo definido, não tinha agora mais medo. Estava certo de que poderia morrer de frio. Mas eis que logo adiante encontrou a porteira de entrada de uma fazenda. Entrou na propriedade e desceu rumo à casa-sede.

Surpreso, avistou ao longe uma senhora loura, alta e forte. Foi quando Lílian Schwarze dialetalmente gritou, perguntando em alemão:

- Quem vem lá?

- Um prisioneiro faminto, respondeu Simon.

A mulher chamou pelo marido e acolheu Simon na varanda central da casa, servindo a ele suco de cereja. Ao provar a deliciosa bebida, Simon pensou: nem parece que estou na guerra, tamanha a hospitalidade dessa gente simples.

O marido de Lílian, Kurt, chegou e se pôs a conversar com Simon, que detalhou seu sofrimento naquela caminhada. O campônio Kurt nada sabia da marcha, mas deu a Simon a notícia de que a guerra havia terminado, há três dias. – Certamente os prisioneiros estão livres, disse Kurt.

O camponês e Simon comemoraram aquela notícia com um abraço afetuoso. Kurt serviu um "schnaps" ao liberto.

No almoço que se seguiu com o casal, Simon comeu batatas com repolho cozido. E passou ali vários dias, ajudando Kurt e Lílian nas tarefas diárias. Logo, o liberto melhorou fisicamente. A notícia do fim do conflito fora para Simon um bom refrigério.

Quando se despediu do casal para ir embora, ganhou de Lílian a metade de um pão de frutas que ela preparara.

A outra metade do pão ficara para Kurt e a denodada camponesa.

Pela primeira vez sorridente, após tanto sofrimento, Simon obteve de presente de Kurt um volumoso livro que o camponês achara na estrada rumo à cooperativa de produção. O exemplar do livro fora encontrado por Kurt, dentro de um bornal, ao lado do caminho de acesso à cooperativa, poucos dias antes de Simon chegar à fazenda.

O bornal trazia o nome de seu dono: *Esdras*. Kurt ficou com medo de permanecer com aquele achado e dele se desfez, dando-o de graça a Simon. O livro foi entregue dentro do mesmo bornal, em bom estado de conservação.

Agora Simon e a filosofia sobreviviam. Já o todo poderoso senhor da guerra havia se refugiado nas montanhas da Baviera.

6. CHEGADA COMO TURISTA

Em meados do século XX, precisamente no dia 10 de março de 1951, um turista desembarcou em Horizonte Azul. Trouxe em sua maleta de papelão tão somente algumas peças de roupas e o volume do livro resgatado por Esdras no Tirol Austríaco.

Simon tinha intenção de passar na estância de Horizonte apenas poucos dias, para visitar um primo. Ele ainda não conseguia falar razoavelmente a língua do novo país e ali parecia tudo difícil.

Contudo, o primo comerciante convidou Simon para ajudá-lo nas entregas dos produtos vendidos. Aceitou. Em pouco tempo, adaptou-se ao empreendimento mercantil. Começou a praticar o idioma, com sotaque caipira, iniciou alguns negócios e fez amizades. Expandiu-se comercialmente.

Logo depois, conheceu uma moça com quem se casou. Susette foi esposa modelar e viveram juntos mais de quarenta anos, até o passamento do marido.

Quarenta anos foi o tempo que os cativos, guiados por Moisés em sua fuga do Egito, permaneceram no deserto, antes de viverem na terra prometida. Durante esse tempo, o antigo Simon ressurgiu, reconquistando a predicação de sua infância e sanando as mortificações d'alma, acumuladas ao longo dos sofridos dias de juventude.

Para Simon, a estância de Horizonte Azul deveria se chamar Pindorama: a região das palmeiras. Ali manteve diariamente o seu coração alegre, em permanente atividade de labor.

Na vivência do trabalho, nas leituras e no carinho da mulher, o espírito do turista harmonizou-se.

Mas, o sonho continuou...

7. TENTATIVA DE TRADUÇÃO

Agora o segundo milênio alcançava seus derradeiros dias. O próspero Simon residia num tríplex de alto luxo, com piscina e equipamentos para exercícios diários. Esse era um apartamento de cobertura, localizado na face norte, o melhor do edifício Recanto dos Príncipes, erguido próximo ao Bosque do Lago, coração da estância. A varanda da moradia inspirava pintores paisagistas.

Como líder empresarial, Simon se tornara anfitrião de familiares dos responsáveis pelos três poderes da metrópole. Sua indústria ampliava muito a exportação para os países latinos.

De efeito, ele estava profissionalmente realizado, dirigia automóveis charmosos e ostentava riqueza, contudo, faltava-lhe ainda cumprir o desejo do pai, que antes de morrer dissera: "Filho, se você sobreviver, nunca deixe de contar".

Simon também se inquietava com a tradução daquela obra que recebera de presente de Kurt, ao final da guerra, e que tinha sido durante todos aqueles anos o seu livro de cabeceira. Naquele volume, encontrava-se uma meritória mensagem que pertencia à humanidade e, portanto, precisava ser vertida para a língua portuguesa. Esse serviço de tradução significaria seu agradecimento ao país que o acolhera tão bem e que muito boa influência tivera em sua vida psíquica.

Então Simon, já se considerando um brasileiro, resolveu procurar o tradutor André Lehrer, especialista em versões alemão-português. O gabinete de traduções ficava próximo ao Recanto dos Príncipes.

A secretária Margot Silva atendeu à ligação e agendou para logo um encontro pessoal do empresário com o tradutor.

Simon compareceu à reunião levando para André o grosso exemplar, de 714 páginas, em único volume, editado em 1931. A capa dura do livro, de cor preta, tinha arredondamento dourado na lombada.

No encontro, ficou acertado que André faria a versão sob a responsabilidade de Simon e cobraria por página traduzida, após a digitação de Margot. A tradução, portanto, seria paga, não gerando direitos ao tradutor.

Desde logo, o empresário concordou com todas as exigências do tradutor, porém pediu empenho no trabalho encomendado, para que ele fosse finalizado dentro do menor prazo possível. Simon queria editar em breve tempo.

E assim, André iniciou imediatamente a tarefa, passando a verter três páginas do livro por dia, levantando-se bem cedo para repassar os rascunhos à tarde, visando à necessária digitação do texto traduzido.

A secretária Margot, ao entrar em contato com o teor do texto em português, sentiu sério conflito íntimo e medo de finalizar aquele serviço que contrariava suas convicções. Foi de pronto consultar frei Bernardo, na Capela, por ocasião de seu comparecimento costumeiro.

O religioso do Carmelo aconselhou sua sacerdotisa a prosseguir no trabalho iniciado, mas fazendo uma cópia de tudo o que fosse digitado, para seu exame. Disse ainda o frei que o material deveria ser deixado, de modo sigiloso, no interior do confessionário. Assim Margot estaria prestando um grande serviço à Capela, finalizou o afável sacerdote.

Margot, fielmente, cumpriu.

A alma do todo poderoso senhor da guerra, presa ao esconderijo da Toca do Lobo, sentiu satisfação. Aquele livro nunca seria lido por brasileiros e povos de língua portuguesa. O confessionário já entrou em ação, de modo rápido, refletiu o sacripanta.

8. O LIBELO

Dizia o ensaísta Ralph Waldo Emerson: "*o medo é arauto de todas as revoluções*".

Em Horizonte, o sacerdote Bock temia que a difusão do livro traduzido por Lehrer pudesse abalar os fiéis de sua capela. E o frei resolveu agir rapidamente para não abrir mão do controle da situação local e dos paroquianos.

Desde logo, além de não recomendar a leitura da tradução aos congregados, o religioso inscreveu a obra na lista negra da igreja e redigiu um manifesto anônimo, maldizendo o teor do livro, cujo documento fez chegar ao conhecimento das principais lideranças da comunidade.

O manifesto de Bernardo chegou também às organizações educacionais e outras entidades das avenidas paralelas, S. Paulo e Lutero. Por outro lado, o delegado de polícia, o magistrado e o promotor de justiça receberam cópias do manifesto anônimo.

Um panfleto alcançou, via postal, o Instituto de Filosofia e outro a Fraternidade da Acácia. O círculo cultural estava coberto.

Imediatamente, um burburinho irrompeu na cidade, nas manhãs de feira e nas noites de festa. Os fiéis das igrejas, em suas rodinhas de comentários sobre o caso, exigiam medidas de resguardo à liturgia.

As beatas, preocupadíssimas, reuniram-se e foram em busca do afável frei Bernardo, rogando uma audiência especial com esse zeloso condutor de almas. Só nele confiavam. Dentre elas, Lara, uma bela italiana, que formulou sorridente apelo pessoal a Bernardo para que agisse logo, em defesa do culto.

Então, o afável confessor apresentou-se como salvador de todos os credos e tendências.

O frei buscou um advogado, reuniu documentos com seu contratado Arno Tunte, apresentou rol de testemunhas e deu início a processo de impugnação da obra, no fórum da comarca.

No petitório inicial, formulado após a narrativa dos fatos e a dissertação da ausência notória de pagamento de direito autoral pelo livro traduzido - já que o réu Simon não era detentor da obra protegida, não podendo usá-la - a Capela do Carmelo ponderou que o fiel deve sempre, em sua caminhada religiosa, contar com o auxílio externo da igreja, primado esse que o livro impugnado pretendia revogar, ao ensinar, contrariamente aos cânones, que cada qual opera sua própria salvação, sem necessidade de sacerdotes, igrejas ou outros intermediários.

A querela das beatas instaurou-se nos lindes forenses.

O pedido, em conclusão, requeria que fosse queimado o trabalho feito por André Lehrer, não somente a versão da obra em idioma português, mas também o livro original utilizado pelo tradutor.

Ao despachar o petitório, que sugeria procedimento ordinário, o magistrado Severo Justino ordenou a oitiva do ministério público, na pessoa do promotor Ferdinando Bello, posto que na matéria dos autos encerrava-se interesse público relevante da comunidade local e, particularmente, de seus fiéis.

O promotor Ferdinando encampou o pedido do sacerdote Bernardo, requerendo a concessão de uma medida liminar para que o conteúdo traduzido não pudesse ser editado em português, durante a tramitação daquela demanda.

O magistrado deferiu de pronto a solicitada liminar, sem oitiva da outra parte, convocando Simon Resnick para responder à lide autoral, no prazo da lei.

A alma do todo poderoso senhor da guerra, exultante com essas medidas jurídicas, pensou em desfilar de carro aberto pelo Arco do Triunfo, em Paris. O ministério público estava sendo um aliado fiel.

9. A CONTRARIEDADE JURÍDICA

Um homem que julga outro é espetáculo que me faria arrebentar de rir, se me não suscitasse compaixão, dissertou Gustave Flaubert, autor do romance sobre os romances de Bovary.

O renomado causídico, Diogo Rocha, procurado por Simon para contrariar a demanda, em poucos dias apresentou ao juiz os seus argumentos.

Como discurso paralelo, o advogado argüiu a ilegitimidade ativa do frei, posto não deter o religioso interesse econômico, ou moral, para propositura daquela causa.

A manifestação do causídico foi longa e recheada de citações jurídicas.

Assim, pediu e justificou a necessidade de revogação da esdrúxula medida liminar, deferida a requerimento do promotor de justiça. Ela violentava a liberdade de consciência e o livre acesso à informação para todos, princípios do estado democrático de direito.

Requereu prestação de caução por parte do autor para garantia dos prejuízos e da honorária, eis que o juízo estava inseguro.

Pleiteou eventual inclusão da Capela do Carmelo no feito, visto que Bernardo deduzira o pedido apenas em seu nome pessoal e era óbvio o envolvimento dos fiéis na vontade do frei.

Impugnou o valor atribuído à causa no pedido inicial, dito irrisório e ofensivo à dignidade da advocacia.

Com a resposta, o magistrado facultou à parte contrária e ao ministério público a argumentação em réplica.

O ministério público é o órgão defensor da sociedade e sempre se manifesta em diferentes fases do processo. A falta de oitiva do promotor de justiça importa nulidade numa demanda judicial.

Contudo, como adiante, outros incidentes se seguiram...

10. OS INCIDENTES

Um grande caos havia se instalado na esfera forense. Embora pequena fosse a criminalidade, a verdade era que a prestação jurisdicional se mostrava defasada. Muitas carências afligiam o organismo da justiça, decorrentes da falta de repasse de verbas pelo governo central.

Bem visível era que os recursos humanos, os serviços e equipamentos de informática estavam insuficientes no fórum. Sobravam litígios e processos nas prateleiras. Nas serventias, infiltrações de águas pluviais deterioravam a cobertura do imponente edifício da deusa Thêmis.

Outrossim, a administração dos serviços auxiliares não era profissionalizada, cabendo ao magistrado local realizá-la paralelamente ao exercício da judicatura.

Nenhum controle externo existia sobre a gestão, comprometendo seriamente a eficiência na distribuição e andamento dos processos.

O processo autoral teve, em virtude do pedido de perícia feito por frei Bernardo e dos incidentes levantados por parte do réu Simon, tramitação demorada, sofrendo vários agravos de ambos os litigantes.

O tribunal regional demorava a apreciar um recurso, de modo que a demanda só recebeu despacho saneador após vários anos de sua propositura.

Nesse ínterim, cada patrono trocou seu veículo por modelo mais luxuoso, e cada um deles passou a morar melhor e a adquirir barcos de pesca com equipamentos sofisticados. A causa tornara-se muito rentável para os advogados dos litigantes em virtude da demora na tramitação do procedimento.

Paralelamente, as contribuições suportadas pelos fiéis da Capela do Carmelo tiveram seus valores aumentados, ao passo que, do outro lado, o requerido Simon vendeu seu apartamento e passou a morar de aluguel. Também sua indústria e seus negócios ficaram reduzidos à penúria.

Resumindo: as fortunas dos litigantes tangeram outras mãos... Autor e réu, em razão do processo, enfrentavam agora terríveis dificuldades financeiras. Esse era o mundo jurídico... o paraíso dos causídicos de Horizonte.

Em certa noite de um mês de outubro, uma tempestade de granizo abateu-se sobre a Cidade. Um pingo d'água do telhado caiu sobre a capa da ação autoral, apagando a letra "f" do nome "frei", autor da lide. A partir de então o caso foi nomeado, pelo pessoal do cartório, como *o processo do rei*.

11. AUDIÊNCIA DE INSTRUÇÃO

Apesar das deficiências da máquina judiciária e do pó nas prateleiras cartorárias, foi designada no processo autoral, após onze anos de tramitação, audiência para oitiva das testemunhas arroladas, tanto pelas partes, quanto aquelas apresentadas pelo ministério público.

Numa audiência de preparação, realizou-se acordo, com anuência do promotor, para que o magistrado colhesse apenas os depoimentos de seis testemunhas.

Foram selecionadas, como testemunhas, pelo advogado do autor as pessoas da secretária Margot Silva, do policial Fontoura e do médico João Batista, conhecido por "Dr. JB".

O patrono do réu escolheu, para testemunhas, o tradutor André Lehrer, o rabino Geiger e o professor Galileo.

E assim os depoimentos foram obtidos, como resumido adiante, em audiência de instrução, presentes as partes e seus advogados.

No processo já se encontravam laudos periciais, inclusive aqueles emanados dos assistentes das partes.

Numa decisão, o julgador singular relata os fatos, verifica o direito, analisa as provas, espanca as dúvidas e formula expressamente o seu pensamento, como se estivesse escrevendo um parecer. Daí a grande importância de o juiz recolher pessoalmente a prova.

Desse modo, com os depoimentos testemunhais, o processo autoral poderia ser submetido às partes para sua argumentação final, em forma de memoriais.

O encerramento da questão, contudo, ainda demoraria, pois a decisão do magistrado desafiava recursos.

12. DEPOIMENTO DA SECRETÁRIA

Chamem Margot Silva, ordenou o meritíssimo juiz. No mesmo instante, ingressou no recinto da audiência uma jovem alta, loura e brejeira, trajando blusão de seda mista, de mangas compridas e, no pescoço, fino lenço de contraste. Ao preparar-se para prestar o juramento, suas mãos pareciam tremer.

Inquirida pelo magistrado, disse ser a responsável pelo catecismo na capela do acionante, tendo sido designada por Bernardo para supervisionar a preparação do culto diário. A depoente afirmou também ser devota de Madre Paulina, de quem recebe em sonhos todas as orientações de que necessita para o culto.

Sobre o trabalho de tradução, informou que digitou o texto total do livro, conhecendo as idéias que foram posteriormente censuradas pela igreja.

Que o autor do livro traduzido acolheu o fenômeno da reencarnação, o que significou heresia para a depoente.

Que, absurdamente, a obra admitiu o denominado livre-arbítrio ao ser humano, asseverando que cada qual é responsável por tudo aquilo que pensa e faz. A depoente, como já referiu, não concorda com isso, pois o religioso ensinou diferentemente em seu sacerdócio.

Que frei Bernardo realçou, em sermão, que a obra questionada não honrou o culto a Maria, afirmando mesmo que Jesus nunca teria falado uma só palavra que fosse a respeito disso. Mas não seria porque Jesus nada dissera sobre esse culto que Maria deixara de existir, ensinou o sacerdote aos fiéis.

Que a depoente pediria à justiça que a tradução em português não fosse editada. Se houvesse a edição, isso contrariaria a liberdade religiosa em nosso país, como bem ponderou o pároco Bernardo na Capela.

Que a depoente teve conhecimento de que o réu não era detentor de direitos autorais para autorizar a tradução. Isso era sabido por todos na cidade.

Que ouviu falar que o réu obteve o original do livro durante a guerra na Europa.

Dada a palavra ao advogado do réu, às suas reperguntas respondeu a testemunha que conhecia a pessoa do promotor de justiça, presente naquele recinto.

Uma repergunta do advogado do réu foi indeferida, no sentido de se questionar à testemunha, como secretária do tradutor, se uma obra psicografada estaria apta a gerar direitos de autor. O meritíssimo juiz justificou o indeferimento dizendo que a testemunha não tinha formação jurídica e a questão não envolvia matéria fática controvertida na demanda. Assim, não caberia à testemunha testificar questão de direito, arrematou o magistrado na ocasião.

E nada mais respondeu a primeira testemunha.

Ao deixar a sala de audiência, Margot recebeu um sinal de positivo do sacerdote. O réu Simon e seu advogado, assim como o juiz, nada perceberam, pois estavam preocupados em fazer anotações para o depoimento seguinte. Desse incidente, o promotor sorriu, olhando com simpatia para Bernardo.

13. DEPOIMENTO DO POLICIAL

Onde está o delegado de polícia? – perguntou o meritíssimo juiz.

Nesse momento, o espírita Vicente Fontoura veio à audiência, pronto para depor. Trajava um conjunto azul-marinho, camisa branca e gravata bordô. As lentes escuras dos óculos escondiam as emoções da testemunha.

Disse que morava vizinho à residência de André Lehrer, o profissional que realizou a tradução do livro questionado.

Atendendo a pedido da testemunha, o referido tradutor cedeu-lhe uma cópia do texto traduzido, para leitura e conhecimento da obra em língua portuguesa.

Esclareceu ter lido integralmente a matéria traduzida. Chamou a atenção do depoente a severidade com que as palavras do texto se referiam aos espíritas, parecendo mesmo que o escritor ignorava totalmente o fenômeno espírita.

O depoente não gostou do livro, pois nunca havia visto um adversário tratar, como fez o escritor, de maneira rigorosa o espiritismo, este tão difundido no Brasil.

A título de exemplificação, o depoente salientou que o escritor disse estarem os adeptos do espiritismo sofrendo de desmedida vaidade, que eles cobrem com aparente humildade de saber, a ponto de a gente não poder falar com os espíritas, sem sentir certo desconforto.

Asseverou o escritor: os espíritas imaginam auxiliar muitos falecidos, quando, na verdade, eles mesmos necessitam de muito maior auxílio.

Pareceu ao depoente, como simpatizante da causa espírita, que o livro seria ofensivo ao espiritismo, não merecendo ser liberado pela justiça, até porque o ora réu Simon não detinha direitos autorais para realizar a tradução questionada.

À repergunta do advogado do réu se para uma obra psicografada caberiam direitos autorais, a testemunha respondeu que espírito algum recebe direitos, por isso os livros psicografados têm baixo custo no mercado editorial.

E nada mais foi reperguntado.

Ao sair do recinto, o delegado Fontoura estendeu a mão em cumprimento ao meritíssimo juiz, às partes, ao escrivão e aos advogados. Do promotor de justiça, ganhou abraço

E logo ocorreu o terceiro depoimento do dia.

14. DEPOIMENTO DO MÉDICO

O mui simpático e sorridente *Dr. JB*, como era conhecido na comunidade, saudou a todos ao entrar na sala de audiência em direção à cadeira das testemunhas.

João Batista Hermano vestira sobre seu uniforme branco um paletó azulão. E para honrar o protocolo forense, ele emprestou de Valdir, porteiro dos auditórios, uma gravata cinza já bastante surrada. Como dizia o porteiro, era a "gravata das testemunhas".

Inquirido pelo meritíssimo juiz, o médico declarou ser venerável da Fraternidade da Acácia e pessoalmente simpático ao "caminho do meio", da filosofia oriental, que contém importantes ensinamentos à humanidade.

Informou que a tradução do livro, feita por André Lehrer, dividiu a opinião dos irmãos de sua confraria, posto que, assim como houve aprovação de uma parte para as idéias do escritor, houve também muita relutância dos membros acacianos.

O estudo do caso foi muito polêmico, pois, na verdade, a filosofia do escritor trouxe uma *doutrina-nova*.

O livro proibido colocou a mulher com relevância espiritual sobre o homem, vindo isso obviamente contrariar tradicional postulado dos pedreiros-livres.

Contudo, pessoalmente, o médico depoente sempre foi favorável ao diálogo inter-religioso, pensando mesmo que se devesse concretizar periodicamente um encontro das tradições para a reconstrução da almejada paz mundial.

O médico, então depoente, ressaltou que o planeta precisa de maior compreensão entre as nações, embora cada uma delas devesse guardar os traços específicos de sua cultura histórica.

Sob a ótica do depoente, o livro objeto desta demanda não serviria à humanidade atual como um todo, por trazer uma doutrina muito fechada, que não faculta acordo com as congregações. Só se torna viável o seu seguimento.

Aliás, o escritor afirmou que não tinha intenções de fazer um "negócio" com sua filosofia. Isso parecia ao declarante muito severo para os dias de hoje.

Todavia, expressando seu sentimento, o depoente não gostaria que esse livro invulgar permanecesse proibido, nem fosse enviado à fogueira, pois é certo que ele é aceito por uma minoria de pessoas na comunidade, inclusive por sua esposa, a pianista e artista plástica *Dilza Hermano*.

E mais não testemunhou, nem ocorreram reperguntas ao médico.

15. DEPOIMENTO DO TRADUTOR

André Lehrer chegou esbaforido ao tribunal, pois tivera aborrecimento no trânsito.

Asseverou ao juiz que realizara a tradução do livro a pedido de Simon.

O idioma da obra original era o alemão clássico, muito difícil de ser reproduzido no linguajar do Brasil. Os termos no original são precisos e não encontravam correspondência satisfatória em língua portuguesa. Por isso, o depoente tivera muita dificuldade para realizar o trabalho encomendado pelo réu.

O depoente disse não saber quem entregou cópia do texto traduzido para o autor da lide, o frei presente à audiência.

Todavia, o depoente fornecera uma cópia da versão, antes do início deste processo, a pedido do réu, para ser encaminhada ao presidente do Instituto de Filosofia, mas não saberia informar se o professor Galileo divulgou o texto no referido Instituto.

Era vizinho da residência do Dr. Fontoura, delegado de polícia, e a ele entregou cópia da tradução, mas isso ocorreu após o início da demanda na justiça.

O depoente se valeu do trabalho de sua secretária Margot, para a digitação, tendo ela conhecimento de todo o texto. Contudo, não saberia dizer se Margot havia feito algum comentário sobre a tradução.

O depoente não recomendou sigilo à secretária, pois entendia que ela demonstrava saber bem o que fazia parte de sua atribuição como profissional.

Simon pagou devidamente o preço combinado com o depoente e ainda presenteou-o com uma cesta de produtos comestíveis e bebidas. O réu mencionou, na ocasião, que ficara muito satisfeito com o trabalho de tradução, daí a gratificação ocorrida posteriormente.

Às questões de natureza religiosa, ou teológica, o depoente não saberia responder, até porque disse ser adepto do agnosticismo.

O depoente não saberia responder se o réu Simon pertencia a alguma organização e nunca ouviu falar a respeito do Priorado de Sião nesta cidade.

O informante nunca leu livros sobre histórias de sociedades secretas. Igualmente, o tradutor nunca participou de organizações religiosas, nem filosóficas.

Com o assentimento das partes e do ministério público, o tradutor nada mais acrescentou sobre o processo autoral, deixando rapidamente a sala de audiência para o próximo depoimento, já anunciado.

16. DEPOIMENTO DO RABINO

Enrico Geiger, da Sinagoga Rochedo, ricamente paramentado, pediu licença ao meritíssimo juiz para entrar na sala de instrução, batendo com as mãos, três vezes, leves e abafadas palmas. O magistrado sorridente exortou o religioso para que dissesse sobre o futuro do livro disputado na demanda.

Geiger, com calma, informou que propõe sempre às pessoas um retorno às origens da fé, posto que agora estamos vivendo na penumbra da ignorância.

Dissertou que a Era das Trevas não diz respeito apenas à Idade Média, mas por muito tempo já perdura ao longo da história conhecida da humanidade.

Contudo, a civilização estaria aprendendo a enxergar melhor entorno, na escuridão dos dias, pois a recompensa do sofrimento é a experiência vivencial, como asseverou Ésquilo.

Faz-se necessário, alvitrou o rabi, extrair dos livros, parábolas e histórias a sabedoria que iluminará o futuro da raça humana.

A seguir, a testemunha narrou que dois rabinos, muito divergentes entre si, foram convidados para co-oficiarem um matrimônio.

Josip era dinâmico e se movimentava pela sinagoga. Busquila era paradão, permanecendo sempre fixo em um único lugar.

Quando se dirigiam à cerimônia nupcial, encontraram-se frente a uma porta muito estreita, por onde não passariam juntos. Em deferência, um propôs ao outro: "Por favor, passe primeiro!" "Não", respondeu o outro, "passe você primeiro!"

E assim ficaram em gentilezas, até que Josip afirmou: "*Passemos pela parede.*"

Ao que Busquila retrucou: "*Não... é suficiente apenas alargarmos a porta.*"

Para o rabino Enrico Geiger, o livro questionado no processo autoral e sua tradução em língua portuguesa não deveriam ser levados à fogueira.

E nada mais disse a testemunha.

17. DEPOIMENTO DO FILÓSOFO

Ao comparecer à pretoria, o professor Francisco Aurélio Saldanha da Gama Galileo vestia meio-fraque grafite, calça listrada escura, lenço claro e camisa branca engomada. O aro de seu pincenê harmonizava-se com as abotoaduras, a corrente do relógio-de-bolso e o prendedor da gravata prateada. Na algibeira junto ao colete de fustão, via-se uma caneta Parker, modelo 51, herança dos anos dourados. Os sapatos pretos com verniz-do-japão pareciam faiscar na sala de instrução do tribunal.

Inquirido pelo magistrado, Gama Galileo informou ser presidente do Instituto de Filosofia e ter amizade com o réu Simon. Certa feita, antes de providenciar a tradução questionada, Simon havia lhe emprestado seu livro, no original em alemão, para leitura do ora declarante.

A meu ver, disse o filósofo, o livro é de uma riqueza incomparável. Não é uma obra que saiu do cérebro de algum escriba. Tem origem muito superior. Foi deveras captada das altas esferas por um processo de irradiação. Esse processo seria similar à psicografia para efeitos autorais.

O declarante examinou, também, a versão ora apresentada em idioma português. Essa tradução parecia boa, embora evidentemente não pudesse substituir a excelência do texto original. A recente tradução correspondeu aproximadamente ao sentido do teor original em idioma alemão.

A dificuldade de traduzir, de lá para cá, seria como colocar a água inteira de um oceano dentro de um lago. Ou colocar o Atlântico dentro do Amazonas. O idioma alemão é muito mais preciso e amplo do que o nosso linguajar. Assim, ler o original assemelhar-se-ia a assistir a uma missa em latim. A leitura da tradução realizada equivaleria a ouvir a mesma missa em ritual português. Contudo, quem se empenhar em assimilar o saber do livro traduzido, muito proveito terá com a versão ora apresentada.

O livro descreve os planos superiores do universo, o mecanismo do Grande Relógio e as leis universais. E disserta sobre o livre-arbítrio, a liberdade imanente de cada pessoa.

Entre outros assuntos, diz sobre a responsabilidade que cada qual deve suportar em face da vida. E com tal comentário, o escritor não aceita fanatismos, nem imposições tradicionais de intermediários entre a criatura e seu Criador.

Em suma, esse livro, ora vertido, trouxe com seu humanismo a ampliação do saber para o planeta Terra, não se enquadrando tal sabedoria nos ensinamentos de nenhuma tendência estabelecida. É uma filosofia, diríamos natural, distante de todas as correntes filosóficas conhecidas dos eruditos.

Todavia, o livro trouxe a mesma doutrina ensinada por Jesus de Nazaré na Galiléia.

O Nazareno falava, naquela época, aos homens do povo, em sua simplicidade. O escritor, na atualidade, fala apenas àqueles que buscam com sinceridade, aos pesquisadores que estejam dispostos a analisar objetivamente os dados factuais.

Por isso, resumindo, se fosse juridicamente possível à testemunha formular um opinamento, o depoente concluiria sustentando que a tradução em português mereceria ser preservada para as gerações futuras.

E nada mais asseverou ao juiz. Nem as partes desejavam dirigir novas questões à testemunha.

Agora, a prova testemunhal estava encerrada. E com ela, a demanda pronta para ser julgada.

18. O VEREDICTO

E, novamente, ocorreram na demanda mais alguns incidentes.

Ao receber aquele processo, trazendo em seu bojo os memoriais das partes litigantes sobre o valor da prova testemunhal, recolhida em audiência, o magistrado Severo Justino encaminhou o caderno procedimental ao ministério público, atento ao interesse indisponível dos cidadãos de Horizonte e fiéis das religiões.

Examinando o caso, o promotor de justiça, Ferdinando Bello, lançou um longo e erudito parecer, com citações doutrinárias e jurisprudenciais, requerendo o acolhimento do libelo, argumentando que aquela tradução realizada, se editada, tornar-se-ia uma severa ameaça à liberdade de culto, à sobrevivência das crenças, em especial àquelas localizadas nas avenidas paralelas da urbe. Assim, arrematou o promotor, para a garantia da paz social e da presença da fé, era preciso que a ação autoral fosse julgada procedente, impedindo-se a edição da obra.

Só restava agora o veredicto, pois o processo cumprira todas as suas fases. Contudo, o julgador tinha uma invencível dúvida sobre o modo de captação, pelo escritor, do conteúdo do livro, pois, como dissera a testemunha Galileo, as idéias vieram por meio de um processo de irradiação.

O magistrado resolveu, então, com o objetivo de esclarecer para sempre a matéria da psicografia, objeto de prova, pôr o processo em diligência a fim de ouvir outra vez o perito judicial.

Ao falar novamente nos autos, o perito confirmou a ocorrência de psicografia, pois o exame do material traduzido indicava isso. Foi só então que o juiz sentenciou o caso, após autorizar os advogados das partes e o ministério público a se manifestarem, uma derradeira vez, antes de proferir o julgado.

A decisão de Justino desde logo acolheu a ilegitimidade de parte argüida, já que os demandantes não eram herdeiros do escritor, posto que, conforme a lei, ninguém poderá pleitear, em nome próprio, direito alheio. Todavia, a sentença disse mais.

Pelo direito alemão, à época, os direitos autorais somente se transmitiriam por herança, sendo expressamente vedada sua transferência por ato entre vivos.

E mais: fez o julgador constar de sua decisão que o escritor não deixara herdeiros.

Argumentou ainda com a data da edição alemã, ocorrida em 1931, pela editora *Der Ruf*, empresa que desaparecera logo a seguir em razão da segunda guerra, não havendo da editora qualquer sucessão, na forma da lei. Em conseqüência, mesmo que existissem direitos autorais, eles estariam prescritos, em razão do tempo decorrido e a pretensão dos autores da lide ficaria reputada tardia. Em suma, o livro caíra no domínio público e pertencia agora, de direito e por direito, à humanidade. *Quem quiser, poderá editar a obra,* disse o juiz.

De efeito, arrematou a sentença, seja pela falta de legitimidade para a causa, seja pela prescrição do direito, haveria que se mostrar improcedente a demanda. E assim foi julgado o pedido, mormente porque a psicografia no processo de captação da obra excluiu a proteção autoral.

As partes processuais foram logo informadas da improcedência do litígio. A causa estava plenamente perdida para o frei Bock e sua igreja. Mas, da sentença, houve recurso.

Alegando que o pleito não tivera apreciação em sua plenitude jurídica, o advogado dos autores apelou, para reexame do mérito, ao tribunal regional. O recurso foi então autuado e respondido, manifestando-se o promotor de justiça sobre o tema devolvido.

Ferdinando Bello insistiu em seu parecer anterior. Preferiu permanecer ao lado do religioso e da Capela autora, que ele freqüentava semanalmente. Contudo, o tribunal regional manteve integralmente a sentença do juiz Severo Justino, fazendo-o, inclusive, por seus próprios e específicos fundamentos.

Com isso, a tradução do livro ficou finalmente liberada para editoração. A decisão do juiz e o respectivo acórdão do tribunal foram publicados nos principais repertórios de jurisprudência e também inseridos na rede mundial de computadores para eventual pesquisa.

Um culto magistrado, em Horizonte Azul, havia resgatado juridicamente a palavra perdida, assim como as mãos vetustas de Esdras, seguidor do escritor, já tinham efetivamente feito num dia cinzento e chuvoso, em 1938, na Áustria.

Ao saber do veredicto, o então todo poderoso senhor da guerra remexeu-se, furiosamente, em sua urna sepulcral. Como sempre durante os ocasos, um novo sol seria esperado.

As pessoas poderiam a partir de agora obter a ampliação do saber espiritual, assumir os seus luminosos caminhos consoante o livre-arbítrio, desde que despertassem do prolongado sono de seus espíritos. Um último alento à humanidade terrena.

Ou, como dissera em audiência o rabino Enrico Geiger, *as pessoas deveriam apenas alargar a sua porta de entrada, deixando livre espaço à intuição*. Dessa forma, obteriam um novo saber espiritual.

19. CAPÍTULO FINAL

Amai a vossos inimigos, fazei bem aos que vos têm ódio, e orai pelos que vos perseguem e caluniam (Bíblia, Mateus, 5:44).

Findo o processo, com o encerramento da disputa autoral, a tradução de *André Lehrer* foi editada em forma similar ao volume original de 1931. Ao entregar um exemplar novinho, em nosso idioma, ao presidente do Instituto de Filosofia, Simon sentia-se como uma criança profundamente feliz, não somente por ter assimilado o conteúdo do livro, mas por ter propiciado a análise desse tratado filosófico aos povos de língua portuguesa.

E, efetivamente, os negócios comerciais de Simon melhoraram nos últimos tempos e sua empresa passara por uma recuperação, reconquistando a competitividade de outrora no mercado exportador.

O industrial, agora sempre mais sorridente, voltou a ostentar sua costumeira serenidade e viveu por vários anos ainda em Horizonte.

Em meio às riquezas, Simon Resnick ganhou o título de empresário do ano e foi homenageado pelos clubes de serviço da cidade.

Cumpriu-se seu tempo terreno. O liberto empreendedor lembrava-se da Alemanha e do casal de camponeses, *Kurt* e *Lílian*, quando a inesperada chegou. Ele então repetiu o agradecimento que fizera ao final do conflito mundial, beijou a esposa *Susette* e passou para o outro lado da existência. Continuaria a peregrinação, caminhando rumo ao sol...

Hoje, no cemitério Parque da Esperança, na hospitaleira cidade, seu nome consta deste epitáfio:

Aqui jaz,
Acredite,
Simon Resn,
degustador de manás.

*

* *

"O justo, como palma, florescerá"
(Salmo 91:13)

SEGUNDA PARTE

20. EVANGELHO DE JOÃO

Estrondosamente, vibra do alto o
som da trombeta, como
um chamado...

"Na verdade, na verdade vos digo que vereis o céu
aberto e os anjos subindo e descendo
sobre o Filho do Homem".

"Mas o Consolador, que é o Espírito Santo, a quem
o Pai enviará em meu nome, ele vos ensinará
todas as coisas, e vos fará lembrar de
tudo o que vos tenho dito".

"Quando vier, porém, aquele Espírito de Verdade, ele
vos ensinará todas as verdades, porque ele não
falará de si mesmo, mas dirá tudo o que
tiver ouvido, e anunciará as coisas que
estão para vir. Ele me glorificará,
porque há de receber do que
é meu, e vo-lo haverá de
anunciar". Palavras
de Jesus Cristo.

"(As coisas criadas) falam a todos, mas só as compreendem os que comparam esta linguagem com a voz da verdade que neles fala".
(Agostinho)

"Ninguém escuta a Palavra sem o preparo interior pelo espírito".
(Lutero)

21. AS PÉROLAS ESSENCIAIS

Desde logo, gostaria de pedir-lhe, leitor, que faça uso da sua faculdade de discernir e analisar meticulosamente o que se seguirá.

Se eu fosse um sábio e quisesse dar a você a noção de floresta, não tentaria levá-lo para um lugar estranho, um local fracionado, fragmentário, como é a minha erudição. Não! Isso eu não faria!

Para você bem compreender uma floresta, o sábio levaria você à região amazônica e o soltaria entre árvores e a biodiversidade, para aí sim você descobrir sozinho o caminho que, com clareza, mostrar-lhe-ia a noção de floresta. E então o prezado leitor jamais esqueceria essa experimentação.

Adiante, de maneira parcimoniosa, seguem 144 verbetes que foram por mim anotados, ao acaso, dos ensinamentos do Mestre. Cabe a você, leitor, neles embrenhar-se para, eventualmente, percorrer o caminho indicado.

EIS AS PÉROLAS:

Quem não se empenha para compreender corretamente a Palavra do Senhor, torna-se culpado!

A Palavra que se segue não traz uma nova religião.

Há de se fazer Luz por toda parte!

Eu não quero fundar uma nova igreja, tampouco uma seita qualquer, mas sim dou, com toda a simplicidade, um quadro nítido da atuação automática da criação, que encerra a Vontade de Deus, em que o ser humano pode reconhecer claramente os caminhos que são bons para ele.

A venda cai e a crença se torna convicção. Somente na convicção repousa a verdadeira fé, e a convicção só vem por meio de exames e análises irrestritas.

Só pode progredir espiritualmente quem se movimenta por si mesmo.

A verdade nunca deixou de ser o que foi outrora e que hoje ainda é e há de ser daqui a dezenas de milênios, pois é eterna!

A verdadeira e efetiva vida se processa espiritualmente.

A respectiva vida terrena é somente um curto espaço da tua verdadeira existência.

Conservai puro o foco dos vossos pensamentos e praticai, então, antes de mais nada, o grande poder do silêncio, se é que quereis ascender.

O ser humano que permanece acorrentado interiormente será um eterno escravo, mesmo que seja um rei.

O caminho para a Luz deve cada qual vivenciar dentro de si, descobri-lo pessoalmente, se desejar percorrê-lo com segurança.

Despertai! Olhai em redor! Ouvi vosso íntimo! Isso, por si só, pode abrir o caminho!

Eu falo somente para aqueles que procuram com sinceridade. Urge que estejam aptos e dispostos a examinar objetivamente os fatos!

A dor e também a alegria batem continuamente à porta, estimulando, sacudindo para um despertar espiritual. Durante segundos fica então o ser humano, muitas vezes, libertado das futilidades da vida cotidiana e pressente, tanto na felicidade como na dor, ligação com o espírito que perpassa tudo o que é vivo.

O perdão para o vosso próximo tem início e fim no fato de ignorardes seus defeitos!

Respeitai e honrai a mulher como tal e ela se formará por esse padrão, tornar-se-á aquilo que virdes nela, e com isso soerguereis todo o vosso povo!

A mulher será sempre apenas a imagem fiel daquele mundo de formas de pensamentos que paira sobre o seu povo.

No universo, age uma lei eterna: somente dando pode-se também receber, quando se trata de valores que permanecem!

Ponderai que cada passagem pela terra é uma breve escola, que não termina para vós com a desencarnação.

O que fazeis ao próximo, fazeis na realidade somente para vós! A vós somente, pois tudo, de acordo com as leis eternas, recai infalivelmente sobre vós, o bem ou o mal, seja aqui ou já no além.

Com o começo da boa vontade, cada um coloca também o marco para o fim de sua expiação, que tem de cumprir, da qual jamais poderá escapar.

Pensai na Palavra da minha Mensagem, que vos diz que toda a grandeza autêntica só pode residir na simplicidade, pois toda verdadeira grandeza é simples!

Esvaziai-vos de pensamentos e deixai irromper livremente em vós o impulso para as coisas nobres e boas, e tereis então aquela base para o pensar, que promana da vontade do vosso espírito.

Cada hora da existência terrena se torna mais preciosa do que nunca. Que todo aquele que quer procurar e aprender com sinceridade se desprenda com todo o empenho dos pensamentos baixos que o agrilhoam às coisas terrenas.

A Palavra deve ser submetida a exame e não a pessoa! Mas é costume de seres humanos de raciocínio, por primeiro, focalizar a pessoa para depois considerar se pode dar ouvidos às suas palavras.

Todo ser humano de interior liberto sempre dará valor a uma coisa ou a uma doutrina pelo que ela traz, e não por quem a apresenta. Esta última hipótese é, para aquele que examina, um testemunho de pobreza como não pode ser maior. Ouro é ouro, quer esteja nas mãos dum príncipe, quer nas dum mendigo.

Ai daquele que falseia ou altera a verdade para assim obter prestígio, porque uma forma mais cômoda é também mais agradável aos seres humanos.

Somente obras do espírito contêm, por sua origem, a vida, e, portanto, consistência e durabilidade. Tudo o mais, uma vez passado seu tempo de florescência, terá que ruir por si mesmo. Ao chegar a hora da frutificação, ficará patente o vazio!

Livrai-vos de todos os liames dos baixos sentimentos, pois o tempo urge! Aproxima-se a hora do término do prazo! Despertai o anseio pelo que é puro, verdadeiro, nobre!

Temos que aprender finalmente a distinguir entre o espírito e o raciocínio, entre o núcleo vivo do ser humano e o seu instrumento!

Ser materialista não é acaso um elogio, mas sim a legitimação de um cérebro atrofiado.

Há na realidade apenas um inimigo da humanidade, ao longo de toda a linha: o domínio, até agora irrestrito, do raciocínio!

Quando passa para o além, cada pessoa fica despida do poder terreno e de sua proteção. Seu nome, sua situação, tudo ficou para trás. Apenas traspassa para o além uma pobre alma humana, para aí receber o que semeou e dele usufruir.

O saber é um produto; o espírito, porém, é vida!

Não me dirijo a igrejas e partidos, nem a ordens, seitas e sociedades, mas exclusivamente e com toda a simplicidade, ao próprio ser humano.

Uma condição básica é indispensável para cada ouvinte: a busca sincera da verdade. Deve examinar as palavras dentro de si e deixar que se tornem vivas (experimentar), mas não atentar à pessoa do orador. De outra maneira, não terá proveito.

É incrível com que ingenuidade a grande maioria dos seres humanos persiste rigidamente em ignorar nossa origem, quem somos nós e para onde vamos! O nascimento e a morte, os pólos inseparáveis de toda a existência na Terra, não deviam constituir nenhum mistério para as criaturas humanas.

Aquilo que o ser humano não experimentar completamente dentro de si, nunca se lhe tornará algo próprio! E somente o que lhe é próprio o eleva.

Dai a Deus a honra da perfeição! Nisso encontrareis a chave para os problemas não solucionados de toda a existência.

Sede vós firmes como uma rocha ao embate das ondas do mar!

O ser humano devia perder o hábito de considerar as coisas invisíveis também incompreensíveis e antinaturais. Tudo é natural, até mesmo o assim chamado além e o paraíso que do ser humano tão distante se encontra ainda.

Tão logo o ser humano conheça o funcionamento das Leis, ficará de posse da escada para o reino luminoso do espírito, para o paraíso. Mas, então, distinguirá também o caminho que desce para as trevas!

Quem procura seriamente deve tornar-se econômico com a indulgência, do contrário acabará prejudicando a si mesmo, sem com isso ajudar a outrem.

Atentai à vossa palavra! Que a vossa fala seja simples e verdadeira!

Livre só é o ser humano que vive nas leis de Deus!

A Palavra do Senhor é intocável, simples, clara e se encontra gravada ferreamente na criação.

Aquele que tem a verdade segue tranqüilamente o seu caminho! Não molesta os outros de nenhum modo.

A moleza causa danos não somente a vós como também àqueles que julgais agradar com isso.

Em vosso íntimo se acha um altar que deve servir para a adoração de vosso Deus. Esse altar é a vossa faculdade intuitiva. Se ela for pura, estará em ligação com o espiritual e, portanto, com o paraíso!

Acordai e enfrentai, lutando, todas as trevas, então vos será proporcionada força auxiliadora.

E indolência jaz na tranqüilidade de pensar que é grandeza agarrar-se à crença dos pais, sem submeter os pensamentos nela contidos a exame próprio de maneira meticulosa e criteriosa.

Entre todas as criaturas na criação só o espírito humano tem livre-arbítrio.

Aprendei a reconhecer o vosso caminho na criação, assim sabereis também a finalidade de vossa existência.

Assim como a colheita resulta da multiplicação de uma semeadura, da mesma forma o ser humano colherá sempre multiplicado aquilo que ele despertou e emitiu com seus próprios sentimentos intuitivos de acordo com a espécie de sua vontade.

Não existe separação alguma entre o aquém e o chamado além, mas sim tudo é um único e imenso existir.

Considerai que depende da singeleza de vossos sentimentos intuitivos e pensamentos, essa força prodigiosa acarretar o bem ou o mal. Que poder benéfico ou destruidor vos é concedido com isso.

Em todo momento podeis a escalada iniciar para as alturas e reparar o passado, seja ele qual for! Tendes vós, em vossas próprias mãos, a felicidade ou a infelicidade. Soerguei, portanto, a cabeça com altivez, libertando e arejando a fronte. Se não o chamardes, o mal não poderá aproximar-se. Suceder-vos-á aquilo pelo que houverdes optado!

A espécie do querer pelo qual a criatura humana se decide é determinante para os frutos que por fim a criatura terá de colher.

Por suas qualidades espirituais mais valiosas, a mulher devia e podia ser na realidade mais perfeita do que o homem, se tivesse ao menos se empenhado em clarificar mais e mais harmoniosamente os sentimentos intuitivos que lhe foram outorgados, com o que ela teria se transformado em uma potência, que devia atuar revolucionariamente, beneficiando de modo ascendente toda a criação de matéria grosseira.

O raciocínio é o que há de mais elevado terrenamente, devendo ser durante a vida terrena o leme, ao passo que a força propulsora é a intuição, que se origina no mundo espiritual.

A assim chamada voz interior, o espiritual na criatura humana, que ela pode dar ouvidos, é a intuição!

A pessoa que se submete totalmente ao seu raciocínio, submete-se também de todo às restrições do raciocínio, que está atado firmemente ao espaço e ao tempo, como produto do cérebro de matéria grosseira. Dessa forma, a pessoa acorrenta-se completamente à matéria grosseira.

O verdadeiro amor não verificará o que possa dar prazer a outrem, o que lhe proporciona agrado e alegria, e sim cuidará apenas do que lhe seja útil!

O amor não se deixa separar da justiça, são uma só coisa!

Quem se empenha seriamente pela verdade, pela pureza, a esse também não falta o amor.

Seguir o caminho, porém, não quer dizer apenas aprender a Palavra e acreditar nela, mas viver essa Palavra!

A existência terrena deve ser realmente vivenciada, se é que deva ter uma finalidade. Somente o que for experimentado no íntimo de modo vivencial em todos os seus altos e baixos, quer dizer, sentido intuitivamente, torna-se algo próprio. Mas apenas aquilo que é realmente vivenciado, pois tudo o mais se apaga com a morte terrena. O vivenciado, porém, permanece como extrato purificado da existência terrena, seu proveito!

Tudo quanto uma pessoa falecida sabe a mais, devido à sua transformação, é que ela realmente, com a assim chamada morte, nem por isso deixou de existir.

Como outrora disse Jesus: "Eu sou a Palavra!", assim, hoje, eu vos digo que "Eu próprio me dou a vós em minha Palavra!"

Exatamente nas assim chamadas horas de lazer é que conseguireis reconhecer com maior facilidade o íntimo verdadeiro do ser humano, depois que o apoio externo e o campo específico de seus conhecimentos cessam com o afastamento de suas atividades profissionais costumeiras. O que então restar é o autêntico indivíduo.

Rejubilai-vos, portanto, pois tudo em vossa volta vive, espraiando-se por paragens aparentemente imensuráveis! Nada está morto, nada vazio como aparenta. Tudo atua e tece na lei da reciprocidade, em cujo centro, como seres humanos, vós vos encontrais, pontos de partida e metas finais, para formar de novo os fios e dirigi-los.

Conseguis com o vosso desejar, pensar e querer, envenenar o aquém e o além da Terra, ou também, purificando, elevá-los ao encontro da Luz. Tornai-vos, pois, condutores do destino que leva às alturas, pela pureza de vossos pensamentos!

Onde o homem não for capaz de erguer o olhar para a mulher em sua feminilidade, nenhuma nação, nenhum povo consegue florescer!

Assim, porém, como a mulher foi capaz de degradar profundamente toda a criação posterior, tem ela também a força de soerguê-la novamente e favorecê-la, visto que nisso o homem a seguirá.

Um matrimônio sadio necessita de trabalho em comum e finalidades elevadas tão indispensavelmente como um corpo sadio necessita de movimentação e ar fresco.

Verdadeira liberdade só existe no reconhecimento certo das obrigações, o qual permanece ligado com o cumprimento voluntário dos deveres! Unicamente o cumprimento do dever gera direitos!

Não existe nenhuma possibilidade de educação pré-natal, mas sim uma possibilidade absoluta de influir na atração (da alma), se acontecer no tempo oportuno e com a devida seriedade!

Quem não sente em si o impulso para uma oração, pode calmamente abster-se dela porque suas palavras ou pensamentos, por fim, têm que se desfazer em nada, pois se uma oração não for intuída profundamente, então não tem valor e, portanto, nenhum resultado.

A oração exige a mais profunda seriedade. Deve-se orar com calma e pureza, a fim de que, por intermédio da calma, a força da intuição se eleve, recebendo pela pureza aquela leveza luminosa capaz de elevar a oração até as alturas de tudo quanto é luminoso, de tudo quanto é puro.

Na Palavra eu vos dou o caminho, o alimento e a força, e com isso tendes tudo o que necessitais para a existência e para a ascensão.

Todas as doutrinas que vieram para a Terra até agora, formariam, unidas, somente uma escada para o pedestal que a verdade há de ocupar, conforme foi anunciado aos homens tantas vezes em múltiplas profecias.

Cada culpa e todo carma são apenas de ordem material! Somente dentro do âmbito da criação material, não diferentemente! Nem podem transferir-se para o espírito, mas somente a ele aderir. Razão por que é possível um lavar-se de toda a culpa.

Aproveitai o tempo da existência terrena! Pensai no grande ponto de transição que sempre traz consigo a plena responsabilidade!

O ser humano de hoje é como um homem ao qual foi dado um reino e que prefere perder seu tempo com os mais simples brinquedos infantis!

É evidente, e não é de se esperar diferentemente, que as forças poderosas outorgadas ao ser humano devam esmagá-lo, se não souber guiá-las.

A crença precisa ser viva, isto é, deve tornar-se mais do que convicção, deve tornar-se ação!

Para o verdadeiro médico d'alma, não há necessidade de destruir. Este reconhece as faculdades boas, latentes, acorda-as e então continua edificando.

Um ato irrefletido muito mais facilmente e muito mais depressa pode ser remido, do que um pendor que se encontra numa pessoa, não importando se este se haja ou não transformado em ação!

Nisto consiste o férreo mandamento: nunca deves prejudicar o próximo conscientemente, seja em seu corpo, seja em sua alma, tampouco em seus bens terrenos ou ainda em sua reputação!

O verdadeiro saber não deve precisar tornar-se incompreensível, pois encerra em si ao mesmo tempo a faculdade, a necessidade, sim, de se expressar em palavras singelas.

Crença cega nada mais é do que falta de reflexão e indolência espiritual.

Somente o compreender pleno e sem lacunas equivale à convicção, a qual unicamente possui valor espiritual!

Quem não se adaptar às leis eternas, será ferido ou mesmo triturado.

Vós deveis finalmente aprender a conhecer todas as leis e vos guiar por elas.

Só mesmo um espírito inteiramente liberto de toda a incompreensão consegue se elevar, radiosamente convicto, às alturas resplandecentes, ao paraíso!

Somente quem reconhece e sente intuitivamente o mundo espiritual como existindo realmente e atuando de modo vivo, consegue encontrar a chave para a compreensão da Bíblia, o que, unicamente, é capaz de tornar viva a Palavra. Para todos os outros, ela permanecerá sempre um livro fechado a sete selos.

Visto como as leis na criação atuam de modo autônomo e vivo, de forma férrea e inabalável, munidas de uma força contra a qual os espíritos humanos são de todo impotentes, claro é que a necessidade mais premente de cada ser humano tem de ser a condição de reconhecer irrestritamente essas leis, a cujos efeitos ele, em qualquer caso, realmente permanece exposto sem defesa!

Esse reconhecimento em nada derruba o que a religião e a igreja dizem figuradamente, antes confirma tudo. Acima de tudo, reconhecemos sempre mais e mais a grande verdade que Cristo trouxe à humanidade.

Nunca o ser humano deve esquecer-se de que ele, completamente só, terá de responder por tudo aquilo que ele intui, pensa e faz, mesmo que o tenha recebido de outrem de modo incondicional!

Não existe nenhuma hereditariedade espiritual!

O dia da liberdade desponta. Libertação do jugo de uma imoralidade que existe desde milênios e agora se desenvolve à máxima florescência.

Quem procurar, ansiosamente, em minha Palavra, esse terá a verdadeira liberdade de seu espírito!

Seguir Cristo não significa outra coisa senão viver exatamente de acordo com suas palavras.

Aquele que foi atingido pela verdade tem o absoluto dever de defendê-la, caso contrário não mais merece a dádiva da elucidação.

A nova Mensagem de Deus, trazida pelo Filho do Homem, deverá ser divulgada, como outrora os judeus deveriam ter feito com a Mensagem do Filho de Deus, Jesus de Nazaré.

Quem não desejar a minha Palavra, precisa apenas deixá-la. Não obrigo ninguém a aceitá-la, tampouco tenho intenções de fazer um "negócio" com ela. Que cada ser humano veja a conclusão a que pode chegar a esse respeito.

Um ser humano que comete erros, apesar de tudo, geralmente progride, desde que para o futuro tire ensinamentos desses erros, para não os repetir sempre de novo. Sem dúvida, seu espírito amadurece com isso, logo que sua vontade seja boa e que não queira o mal propositadamente.

Todos aqueles que não podem mais intuir em seu íntimo o chamado de Deus, serão rejeitados na porta do reino espiritual, quando mais tarde desejarem obter acesso.

Onde só há um caminho, deve-se naturalmente seguir por ele, se se desejar alcançar a meta.

Não é necessário que alguém me siga, sem estar disposto a isso, de livre e espontânea vontade.

Vigilância é a melhor defesa e a mais árdua luta. Isso é importante para cada ser humano terreno.

O maior dever da pessoa humana consiste em progredir no reconhecimento de Deus, bem como no seu próprio desenvolvimento espiritual.

Movimenta-te, no espírito e no físico, então tu evoluirás, então tuas forças crescerão, teus campos de atuação se ampliarão.

Eu temo por vós, porque nessa última fase tendes de lutar agora, sozinhos, a fim de subsistirdes ou perecerdes!

Quem cria uma forma fica ligado à obra que ele próprio criou, mesmo que a tenha destinado a outrem.

O ser humano que não se esqueça de que ele está na obra de Deus, que ele mesmo é uma parte dessa obra e que, por isso, também permanece incondicionalmente submetido às leis dessa obra.

O ser humano deve, sim, despertar de seu comodismo para se tornar finalmente aquilo que já deveria ter sido desde o início: beneficiador da criação e transmissor de luz para toda criatura!

Humanidade, desperta do sono de teu espírito!

Para que o ser humano reconhecesse de forma certa a Vontade de Deus, já lhe foi dada oportunidade três vezes!

Vós não sabeis o que tendes nas mãos!

Velai, portanto, a fim de o reconhecerdes, assim que tenha chegado a hora dele, pois ele também vos traz a hora!

Paira sobre todos os seres humanos terrenos, de modo imenso e forte, um desejo: poder ser, realmente, diante de si, mesmos, o que valem diante daqueles pelos quais são amados. E esse desejar é o caminho certo!

Se vós quereis estar sadios, então cuidai do vosso corpo e do vosso espírito. Quer dizer: mantende-os em rigorosa atividade!

A felicidade é muito mais fácil de ser obtida do que tantos imaginam. A humanidade só tem de conhecer, primeiro, as leis que disciplinam a criação. Se viver de acordo com elas, terá que se tornar feliz!

Maturidade espiritual não deve ser confundida com o saber aprendido: deveis sempre lembrar-vos de que cheio de espírito equivale a cheio de coração!

Volte-se à simplicidade no pensar! Do contrário ninguém poderá compreender a grandeza plenamente, e por isso nunca alcançá-la.

Quem quiser ascender mais, terá que conhecer finalmente a criação em toda a sua realidade. Terá que andar firme nos pés, não deve mais devanear em sentimentos que servem bem para uma criança irresponsável, mas não para uma pessoa madura, cuja força de vontade traspassa a criação de modo beneficente ou perturbador, que assim a soergue ou a destrói.

Somente quem se abrir espontaneamente, receberá.

Um riso alegre, cordial, é o maior adversário das trevas!

Acordai finalmente! Tornai-vos primeiro aprendizes para receber o saber, pois do contrário nunca conseguireis algo.

O ser humano deve saber que o legítimo amor só vem da alma! E tudo o mais é apenas instinto!

Tornai-vos finalmente espirituais, criaturas humanas, pois sois do espírito!

Despertai para que possais criar, aqui na terra, um digno invólucro do espírito e não preciseis entrar pobres como mendigos no além, como até agora, uma vez que vos foram dados tão ricos tesouros para o percurso na terra!

O bem vos soergue, o mal tem que vos arrastar para baixo, segundo a lei da gravidade, que se efetiva incondicionalmente, não importando se vós próprios sabeis ou se nem vos preocupais com isso.

Concedido vos é peregrinar através da criação! Caminhai de tal modo que não causeis sofrimento a outrem, a fim de satisfazer com isso qualquer cobiça!

Cuidai direito dos bens confiados a vós na terra, aos quais se inclui também o corpo terreno. Nunca deixeis que prazeres se transformem em pendores, assim permanecereis livres de cadeias que vos mantêm embaixo.

Onde não existe humildade, nunca existe, igualmente, verdadeiro saber! Humildade, todavia, é liberdade! Só na humildade reside a legítima liberdade de cada espírito humano!

Sede simples no pensar e no atuar, pois na simplicidade reside a grandeza e também a força!

Despertai, ampliai-vos, criando espaço para o vôo às alturas, espíritos humanos, pois não fostes criados para permanecer somente na matéria grosseira, da qual deveis vos utilizar, mas não considerar como pátria.

Assim resta-vos somente o único caminho para a salvação: o caminho do saber verdadeiro, que conduz da crença à convicção.

Descerrei-vos agora a cortina.

Aprofundai-vos em minhas palavras, e só depois disso, então, podereis ter idéia de que a palavra da vida estará em vossas mãos, a Palavra Viva que não foi composta com coisas aprendidas ou imaginadas.

Mostrei-vos aquele caminho que conduz aos páramos luminosos. Agora, segui por ele!

22. LEGADO DO MESTRE

A natureza e suas leis jaziam ocultas nas noites do tempo; Jesus disse: "Que Ele surja!" E assim tudo se iluminou... (1923)

O maior legado é a obra que Ele nos outorgou.

A prática ou a vivência da filosofia exposta anulam a ignorância, os vícios, a intolerância em todos os seus matizes, para construir algo condizente com o verdadeiro humanismo. Deveras, uma vivência da filosofia natural é a certeza de um mundo melhor.

O caminho é individual.

Dessa filosofia, disse-nos certa feita uma docente: "Esse livro ajudou-me a encarar minhas aulas com objetivos superiores, realizando minha vida no ensino, formando jovens para viverem em ambiente melhor e buscarem as leis eternas, que esse livro tão bem descreve".

Ele nasceu na Saxônia, em 1875, sob o signo de áries. Recebeu terrenamente o nome de *Oskar Ernst Bernhardt*.

Ao depois, formado, estabeleceu-se em *Dresden*, Alemanha.

Viajou muito, inclusive para países distantes. Com talento literário, escrevia narrativas e peças teatrais.

Morou em Nova York e Londres, mas foi preso durante o primeiro conflito mundial, em 1915. Após sair da prisão, retornou à Alemanha, onde então teve consciência dos mundos superiores e começou a escrever sua obra principal.

A partir do ano de 1923, em pequenos cadernos, surgiram as dissertações, posteriormente reunidas.

O novo saber sobre a Criação, trazido pelo Escritor à humanidade, foi revolucionário no sentido espiritual e desceu como um grande cometa entre seus ouvintes e leitores. O planeta azul ficaria iluminado para sempre.

Ele fixou residência no Tirol Austríaco, na localidade rural denominada "*Vomperberg*". Era uma grande fazenda que, em 1938, foi invadida e confiscada pelo Nazismo, sem nenhuma indenização ao Escritor. Foi imediatamente preso e ficou proibido de realizar qualquer atividade em cumprimento à sua missão espiritual.

Desnecessário dizer que os seus livros foram destruídos.

Em razão das arbitrariedades do Nazismo, o Escritor veio a falecer em 1941.

A respeito de sua figura, um jornal de Munique, em 1933, comentou:

"Há algo de misterioso que o envolve, que se expressa em seu olhar límpido, arguto e ao mesmo tempo bondoso, dando a impressão de uma saudação de luminosas distâncias".

O relator deseja acrescentar, por derradeiro, que acredita estar esta humanidade entrando agora em nova era, onde o saber será um farol luzente para todos aqueles que buscam com sinceridade o caminho da evolução.

Só o conhecimento liberta a pessoa humana!

"O principal não é o saber, mas o uso (experimentação) que dele se faz".

autor anônimo

23. BILHETE DE LÍLIAN

Amáveis Leitores:

No interior da Alemanha, quando daquela terrível guerra mundial, nós agricultores tínhamos sempre um forno de lenha onde se podia assar pão.

E lembrando essas coisas, eu desejaria esclarecer que o livro objeto da disputa na primeira parte é deveras existente, assim como foram reais os personagens do sonho, que tiveram suas identidades preservadas no relato onírico, em cumprimento a cânone da bula constitucional brasileira.

O número marcado a fogo no braço esquerdo de Simon tinha inicialmente cinco dígitos nos registros oficiais, mas recebeu um dígito a mais no texto, com o objetivo de não desvelar o arquivo. Atendeu-se a imposições legais, sendo a referida ampliação creditada ao relator.

Ao revisar a narrativa e pensando em surpreender os leitores, neste final, fiz chegar à Editora, com este bilhete, uma receita que utilizei para preparar o pão de frutas do qual o faminto Simon recebeu a metade. As frutas estavam tão boas que meu marido Kurt comeu quase sozinho a outra metade do pão.

Esta receita já foi muito bem testada pelas minhas amigas, de modo que talvez vocês possam experimentá-la. E se isso ocorrer, eu ficarei muito feliz por este texto terminar em... pão.

Aliás, está dito no Livro das Pérolas, que *o pão espiritual nutre imediatamente, a Verdade restaura e a Luz vivifica!*

Eis a receita do PÃO DE FRUTAS:

INGREDIENTES

Pão

- 1 xícara (chá) de leite morno
- 50g de fermento para pão
- 100g de manteiga
- 500g de farinha de trigo peneirada
- 2 ovos batidos ligeiramente
- 2 xícaras (chá) de açúcar
- ½ xícara (café) de óleo
- ½ xícara (café) de conhaque
- 1 colher (chá) de essência de baunilha
- 1 colher (chá) de raspas de casca de limão
- 1 colher (sobremesa) de raspas de casca de laranja
- 1 pitada de noz-moscada
- 1 pitada de sal
- 1 e ½ xícara (chá) de uvas passas
- 1 e ½ xícara (chá) de frutas cristalizadas
- farinha de trigo para polvilhar

Farofa

- 50g de manteiga em temperatura ambiente
- 1 xícara (chá) de farinha de trigo
- ½ xícara (chá) de açúcar

Decoração: frutas cristalizadas

PREPARO DO PÃO:

Dissolva o fermento no leite morno e deixe levedar por 15 minutos.

Junte os demais ingredientes (com exceção das frutas) e trabalhe a massa até desgrudar da mão, ficando lisa e homogênea.

Cubra com um pano seco e deixe crescer por uns 30 minutos.

Polvilhe levemente as frutas com um pouco de farinha de trigo e misture-as à massa do pão.

Passe a massa para uma assadeira (ou forma) untada com manteiga e deixe crescer novamente até quase dobrar de tamanho.

Farofa

Numa tigela, vá misturando os ingredientes até obter a consistência de farofa.

Finalização

Cubra a massa com a farofa e leve ao forno preaquecido a 200 C, por cerca de 30 a 40 minutos.

Desenforme frio e decore com as frutas cristalizadas.

Rendimento

12 porções ou 3 pães médios

Desejo a todos Bom Apetite!

E que o afeto, a paz e a compreensão possam permanecer em todos os corações!

Hochachtungsvoll!

Atenciosamente

LILIAN

BIBLIOGRAFIA

"Para que serve um livro que não saiba levar-vos
para além de todos os livros?"
(Nietzsche)

"O encontro de um livro pode alterar o
destino de uma alma".
(M. Prévost)

"O livro é um mudo que fala, um surdo que
contesta, um cego que guia, um
morto que vive".

(Pe. Antonio Vieira)

25. LEITURAS

I – NOTA: em algumas passagens da primeira parte, o relator serviu-se de diários e recordações, não editados, de pessoas já falecidas, páginas que foram traduzidas do alemão.

II – OBRAS CONSULTADAS:

1. ABDRUSCHIN, *IM LICHTE DERWAHRHEIT,* grosse ausgabe, verlag *"DER RUF"* G.M.B.H., München, 1931, Alemanha.

2. ABDRUSCHIN, *NA LUZ DA VERDADE,* grande edição, 2003, tradução de Eduard Hosp Porto, Apucarana, Paraná, Brasil.

3. ANTONIO PEREIRA DE FIGUEIREDO, *A BÍBLIA SAGRADA,* contendo o Velho e o Novo Testamento, segundo a Vulgata Latina, edição da Sociedade Bíblica do Brasil, Rio de Janeiro, 1955, Brasil.

4. DIE BIBEL, *DAS ALTE UND DAS NEUE TESTAMENT,* edição de 1989, in der Schweiz gedruckt, bei Müller Druck, CH – 5600 Lenzburg, Suíça.

5. ERICH KUBY, *DIE RUSSEN IN BERLIN 1945,* publicado em Munique, 1965, Alemanha.

6. BROCKHAUS ENZYKLOPÄDIE (enciclopédia alemã em 24 volumes), 1966, editada por F.A. BROCKHAUS WIESBADEN, vol. 1, pág. 25, segunda coluna; vol. 2, pág. 585, primeira coluna, nota 3; Alemanha.

7. NO BUNKER DE HITLER: Os últimos dias do Terceiro Reich, Joachim Fest, Editora Objetiva, 2005, Rio de Janeiro, Brasil.